U0119877

荀子卷第五

登仕郎守大理評事楊倞注

王制篇第九

請問爲政曰賢能不待次而舉[不以官之次序若傅說起板築爲相也]罷不能不待須而廢[須須臾也]元惡不待教而誅[不教而殺謂之虐唯元惡不教誅之也]中庸民不待政而化[中庸民易與爲善政教之不待政成之後也]分未定也則有昭繆[繆讀爲穆父昭子穆言爲政當分未定之時則爲之分別使賢者居上不肖居下如昭穆之分別然不問其世族]雖王公士大夫之子孫也不能屬於禮義則歸之庶人雖庶人之子孫也積文學正身行能屬於禮義則歸之卿相士大夫[屬繫也之欲反]故姦人姦說姦事姦能遁逃反側之民職而教之須而待之[反側不安之民職而教之謂使各當教其本事也須而待之謂須教之而待其遷善也]勉之以慶賞懲之以刑罰安職則畜不安職則弃[畜養也弃謂投四裔之比也]五疾上收而養之材而事之[五疾瘖聾跛躄斷者侏儒各當其材使之謂若矇瞽修聲聾司人之屬]官

施而衣食之兼覆無遺（官爲之施設所職而與之衣食）才行反時者死無赦夫是之謂天德王者之政也（天德天覆之德）聽政之大分以善至者待之以禮以不善至者待之以刑兩者分別則賢不肖不雜是非不亂賢不肖不雜則英傑至是非不亂則國家治若是名聲日聞天下願令行禁止王者之事畢矣（願謂人人皆願）凡聽（論聽政也）威嚴猛厲而不好假道人（厲剛烈也假道謂以寬和假借道引人也）則下畏恐而不親周閉而不竭（隱閉其情不竭盡也）若是則大事殆乎弛小事殆乎遂（弛廢也遂因循也春秋傳曰遂繼事也下既隱情不敢論說大事近於弛小事近於因循言不肯革弊也）和解調通好假道人而無所凝止也（和解調通謂寬和不拒下也凝定也凝止謂定止其不可也）則姦言並至嘗試之說鋒起（嘗試之說謂假借也以事試爲之也莊子曰嘗試論之鋒起謂如鋒刃齊起言銳而難拒也）若是則聽大事煩是又傷之也（聽大謂所聽之事多也傷傷政也）故法而不議則法之所不至者必廢（議謂講論也雖有法度而不能講論則不周洽故法所不至者必廢也）職

而不通則職之所不及者必隊（雖舉當其職而不能通明其類則職所不及者必隊隊與墜同）故法而議職而通無隱謀無遺善而百事無過非君子莫能故公平者職之衡也中和者聽之繩也（聽聽政也衡所以知輕重繩所以辨曲直言君子用公平中和之道故能百事無過中和謂寬猛得中也）其有法者以法行無法者以類舉聽之盡也（類謂比類）偏黨而無經聽之辟也（無經謂無常法也辟讀曰僻）故有良法而亂者有之矣有君子而亂者自古及今未嘗聞也傳曰治生乎君子亂生乎小人此之謂也（其人存其政舉其人亡其政息）

分均則不偏（分均謂貴賤敵也分扶問反）埶齊則不壹衆齊則不使（此皆名無差等則不可相制也）有天有地而上下有差明王始立而處國有制（制亦謂差等也）夫兩貴之不能相事兩賤之不能相使是天數也（天之數也）埶位齊而欲惡同物不能澹則必爭（澹讀爲贍既無等級則皆不知紀極故物不能足也）爭則必亂亂則窮矣

物窮竭也 先王惡其亂也故制禮義以分之使有貧富貴賤之等足以相兼臨者是養天下之本也 使物有餘而不窮竭 書曰維齊非齊此之謂也 書呂刑言維齊一者乃在不齊以諭有差等然後可以爲治也

馬駭輿則君子不安輿 馬駭於車中也 庶人駭政則君子不安位 駭政不安上之政也 馬駭輿則莫若靜之庶人駭政則莫若惠之 惠恩惠也 選賢良舉篤敬興孝悌收孤寡補貧窮如是則庶人安政矣庶人安政然后君子安位傳曰君者舟也庶人者水也水則載舟水則覆舟此之謂也故君人者欲安則莫若平政愛民矣欲榮則莫若隆禮敬士矣欲立功名則莫若尚賢使能矣是君人者之大節也三節者當則其餘莫不當矣三節者不當則其餘雖曲當猶將無益也 曲當謂委曲皆當當丁浪反 孔子曰大節是也小節是也上君也大節是

也小節非也一出焉一入焉中君也謂一得一失也大節非也小節雖是也吾無觀其餘矣成侯嗣公聚斂計數之君也成侯嗣公皆衛君也史記衛聲公卒子成侯立成侯卒子平侯立平侯卒子嗣君立韓子曰衛嗣公重如耳愛泄姬而恐其皆因其愛重以雍己也乃貴薄疑以敵如耳尊魏妃以耦泄姬曰以是相參也又使過客關市賂之以金後召關市問其有客過與汝金汝回遣之關市大恐以嗣公爲明察此皆計數之類也未及取民也未及謂其才未及取也民謂得民心鄭子產取民者也未及爲政者也禮記曰子產猶衆人之母能食之不能敎之也管仲爲政者也未及脩禮者也言未及敎化也

故脩禮者王爲政者彊取民者安聚斂者亾故王者富民霸者富士士卒伍也僅存之國富大夫亾國富筐篋實府庫筐篋已富府庫已實而百姓貧夫是之謂上溢而下漏如器之上溢下漏空虛可立而待也入不可以守出不可以戰則傾覆滅亾可立而待也故我聚之以亾敵得之以彊聚斂者召寇肥敵亾國危身之道也故明君不蹈也

王奪之人，霸奪之與，彊奪之地。人謂賢人與與國也彊國之術則奪人地也奪之人者臣諸侯，奪之與者友諸侯，奪之地者敵諸侯。臣諸侯者王，友諸侯者霸，敵諸侯者危。用彊者，用彊力勝人非知彊道者人之城守，人之出戰，而我以力勝之也，則傷人之民必甚矣；傷人之民甚，則人之民惡我必甚矣；人之民惡我甚，則日欲與我鬬。人之城守，人之出戰，而我以力勝之，則傷吾民必甚矣；傷吾民甚，則吾民之惡我必甚矣；吾民之惡我甚，則日不欲爲我鬬。人之民日欲與我鬬，吾民日不欲爲我鬬，是彊者之所以反弱也。地來而民去，累多而功少，累憂累也雖守者益，所以守者損，是以大者之所以反削也。守者謂地也守國以地爲本故曰守者所以守者謂所以守地之人也諸侯莫不懷交接怨而不忘其敵，交接連結也既以力勝而不義故諸侯皆欲相連結怨國而不忘與之爲敵本多作壞交接言壞其與己交接之道也伺彊大之閒承彊大之敝也知彊大之敝此彊大之殆時也殆危也知彊大者不務彊也知彊大之術者不務以力勝也慮以王命全其力凝其德慮計也以用也其計慮常用王命謂不敢擅侵暴也凝定也定其德謂不輕舉也力全則諸侯不能弱也德凝則諸侯不能削也天下無王霸主則常勝矣是知彊道者也無王霸之主則彊國常勝主或衍字彼霸者不然辟田野實倉廩便備用備用足用也左傳曰無重器備案謹募選閱材技之士案發聲謹嚴也募招也謹募猶重募也選閱揀擇也材技武藝過人者猶漢之材官也然後漸慶賞以先之漸進也言進勉以慶賞也嚴刑罰以糾之存亡繼絕衛弱禁暴而無兼并之心則諸侯親之矣并讀曰併下同脩友敵之道以敬接諸侯則諸侯說之矣說讀為悅下同所以親之者以不并也并之見則諸侯疏之矣見賢遍反所以說之者以友敵也臣之見則諸侯離矣故明其不并之行信其友敵之道行下孟反信謂使人不疑天下無王霸主則常勝矣是知霸道

者也無王者則霸主常勝也閔王毀於五國史記齊閔王四十年樂毅以燕趙楚魏秦破齊閔王出奔莒也桓公劫於魯莊公羊傳柯之盟齊桓公爲魯莊公之臣曹劌所劫也無它故焉非其道而慮之以王也不行其道而以計慮爲王所以危亡也彼王者不然仁眇天下義眇天下威眇天下眇盡也盡天下皆懷其仁感其義畏其威也仁眇天下故天下莫不親也義眇天下故天下莫不貴也威眇天下故天下莫敢敵也以不敵之威輔服人之道其道可以服人故不戰而勝不攻而得甲兵不勞而天下服是知王道者也知此三具者欲王而王欲霸而霸欲彊而彊矣

王者之人王者之佐飾動以禮義所脩飾及舉動必以禮義聽斷以類所聽斷之事皆得其善類謂輕重得中也明振毫末振舉也言細微必見舉錯應變而不窮夫是之謂有原是王者之人也原本也知爲政之本

王者之制説王者制度也道不過三代法不貳後王論王道不過夏殷周之事過則久遠難信法不貳後王言以當世之王爲法不離貳而遠取之道過三代

謂之蕩法貳後王謂之不雅（並已解上）衣服有制宮室有度人徒有數（人徒謂士卒胥徒也）喪祭械用皆有等宜（械器也皆有等級各當其宜也）聲則凡非雅聲者舉廢（舉皆）色則凡非舊文者舉息（謂染采畫繢之事也）械用則凡非舊器者舉毀（舊謂三代故事）夫是之謂復古是王者之制也（復三代故事則是復古不必遠舉也）

王者之論（論謂論說賞罰也盧困反）無德不貴無能不官無功不賞無罪不罰朝無幸位民無幸生（幸僥幸也）尚賢使能而等位不遺（不遺言各當其材等位等級之位也）析愿禁悍而刑罰不過（析分異也分其愿愨之民使與凶悍者異也悍凶暴也刑罰不過言但禁之而已不刻深也）百姓曉然皆知夫爲善於家而取賞於朝也爲不善於幽而蒙刑於顯也夫是之謂定論是王者之論也（定論不易之論論不易則人知沮勸也）

王者之等賦政事財萬物所以養萬民也（等賦賦稅有等所以爲等等賦及政事裁制萬物皆爲養人非貪利也財與裁同）田野什一（什一稅也）關

市幾而不征（幾呵察也但呵察姦人而不征稅也禮記幾作譏）山林澤梁以時禁發而不稅（石絕水爲梁所以取魚也非時則禁及時則發禮記曰獺祭魚然後漁人入澤梁草木零落然後入山林也）相地而衰政（相視也衰差也政爲之輕重政或讀爲征衰初危反）理道之遠近而致貢（理條理也貢任土所貢也謂若百里賦納總二百里納銍之類也）通流財物粟米無有滯留（貿遷有無化居不使有滯積也）使相歸移也四海之內若一家（歸讀爲饋移轉也言通商及轉輸相救無不豐足雖四海之廣若一家也）故近者不隱其能遠者不疾其勞（不隱其能謂竭其才力也不疾苦其勞謂奔走來王也）無幽閒隱僻之

國莫不趨使而安樂之（幽深也閒隔也言無有深隔之國不爲王者趨使而安樂政教也）夫是之謂人師是王者之法也（師長也言爲政如此乃可以長久也師者亦使人法效之者也）北海則有走馬吠犬焉然而中國得而畜使之（海謂荒晦絕遠之地不必至海水也走馬吠犬今北地之大犬也）南海則有羽翮齒革曾青丹干焉然而中國得而財之（翮大鳥羽齒象齒革犀兕之革曾青銅之精可繢畫及化黃金者出蜀山越嶲丹干丹砂也蓋一名丹干干讀爲矸胡旦反或曰丹丹砂也干當爲玕尚書禹貢雍州球琳琅玕孔云石而似珠者爾雅亦云西北方之美者有球琳琅玕焉皆出西方此云南方者蓋南方亦有也）東海則有紫紶魚

鹽焉然而中國得而衣食之紫紫貝也紶未詳字書亦無紶字當爲蜐郭璞江賦曰石蜐應節而揚葩注云石蜐龜形春則生花蓋亦蚌蛤之屬今案本草謂之石決明陶云俗傳是紫貝定小異附石生大者如手明耀五色內亦含珠古以龜貝爲貨故曰衣食之蜐居業反西海則有皮革文旄焉然而中國得而用之禹貢梁州貢熊羆織皮孔云貢四獸之皮織皮今之罽也旄旄牛尾文旄謂染之爲文綵也故澤人足乎木山人足乎魚農夫不斵削不陶冶而足械用工賈不耕田而足菽粟故虎豹爲猛矣然而君子剥而用之故天之所覆地之所載莫不盡其美致其用物皆盡其美而來爲人用也上以飾賢良下

以養百姓而安樂之飾謂車服養謂衣食夫是之謂大神能變通裁制萬物故曰大神也詩曰天作高山大王荒之彼作矣文王康之此之謂也詩周頌天作之篇荒大也康安也言天作此高山使興雲雨太王自豳遷焉則能尊大之彼太王作此都文王又能安之也以類行雜得其統類則不患於雜也以一行萬行於一人則萬人可治也皆謂得其樞要也始則終終則始若環之無端也舍是而天下以衰矣始謂類與一也終謂雜與萬也言以此道爲治終始不窮無休息則

天下得其次序舍此則亂也衰初危反天地者生之始也禮義者治之始也君子者禮義之始也始猶本也言禮義本於君子也爲之貫之積重之致好之者君子之始也言禮義以君子爲本君子以習學爲本貫習也積重之謂學使委積重多也致極也好之言不倦也故天地生君子君子理天地君子者天地之參也萬物之總也民之父母也參謂與之相參共成化育也總領也無君子則天地不理禮義無統上無君師下無父子夫婦是之謂至亂君臣父子兄弟夫婦始則終終則始與天地同理與萬世同久夫是之謂大本始則終終則始謂一世始言上下尊卑人之大本有君子然後可以長久也故喪祭朝聘師旅一也此已下明君子禮義之始爲之制喪祭朝聘之禮所以齊一民各當其道不使淫放也下一之義皆同貴賤殺生與奪一也使民一於沮勸君君臣臣父父子子兄兄弟弟一也使人一於恩義農農士士工工商商一也使人一於職業水火有氣而無生草木有生而無知生謂滋長知謂性識禽獸有知而無義人有氣有生有知亦且有

義故最爲天下貴也亦且者言其中亦有無義者也力不若牛走不若馬而牛馬爲用何也曰人能羣彼不能羣也人何以能羣曰分無分則爭爭則不能羣也分何以能行曰以義故義以分則和言分義相須也義謂裁斷也和則一一則多力多力則彊彊則勝物故宮室可得而居也物不能害所以安居故序四時裁萬物兼利天下無它故焉得之分義也以有分義故能治天下也故人生不能無羣羣而無分則爭爭則亂亂則離離則弱弱則不能勝物故宮室不可得而居也不可少頃舍禮義之謂也能以事親謂之孝能以事兄謂之弟能以事上謂之順能以使下謂之君能以皆謂能以禮義也君者善羣也善能使人爲羣也羣道當則萬物皆得其宜六畜皆得其長羣生皆得其命安其性命故養長時則六畜育殺生時則草木殖殺生斬伐政令時則百姓一賢良服聖主之制也

時謂有常服謂爲之任使草木榮華滋碩之時則斧斤不入山林不夭其生不絕其長也黿鼉魚鱉鰌鱣孕別之時別謂生育與母分別也國語里革諫魯宣公曰魚方別孕韋昭曰自別於雄而懷子也罔罟毒藥不入澤不夭其生不絕其長也毒藥毒魚之藥周禮雍氏禁澤之沈者也春耕夏耘秋收冬藏四者不失時故五穀不絕而百姓有餘食也汙池淵沼川澤謹其時禁汙渟水之處謹嚴也故魚鼈優多而百姓有餘用也用謂食足之外可用貿易斬伐

養長不失其時故山林不童而百姓有餘材也山無草木曰童聖王之用也用財用也上察於天下錯於地順天時以養地財也錯千故反塞備天地之閒加施萬物之上言聖王之用使天地萬物皆得其所微而明短而長狹而廣言用禮義故所守者近所及者遠也神明博大以至約言用禮義治化雖神明博大原其本至簡約也故曰一與一是爲人者謂之聖人也一與一動皆一也是此也以此爲人者則謂之聖人也

序官謂王者序官之法也宰爵知賓客祭祀饗食犧

牲之牢數宰膳宰爵主掌也饗食饗宴也周禮膳夫之屬有庖人獸人皆掌犧牲一曰爵官爵
也言膳宰之官爵掌犧牲之事者也司徒知百宗城郭立器之數
百宗百族也城郭謂其小大也立器所立之器用也周禮大司徒之職掌建邦土地之圖與其人民之數立器言五方器
械異制皆知其數不使作奇伎奇器也司馬知師旅甲兵乘白之
數周禮二千五百人爲師五百人爲旅四井爲邑四邑爲丘四丘爲甸亦謂之乘以其治田則謂之甸出長轂一乘則
謂之乘每乘又有甲士三人步卒七十二人白謂甸徒猶今之白丁也或曰白當爲百百人也脩憲命脩憲
法之命所以表示人也謂若以樂德教國子中和祗庸孝友之類也審詩商詩商當爲誅賞字體及聲
之誤故樂論篇曰其在序官也脩憲命審誅賞其徒屬之功過者或曰詩謂四方之歌謠商謂商聲哀思之音如寗戚之悲歌

也禁淫聲周禮大司樂禁其淫聲慢聲鄭云淫聲鄭衛之音也以時順脩謂不
失其時而順之脩之使夷俗邪音不敢亂雅大師之事
也夷俗謂蠻夷之樂雅正聲也大師樂官之長大讀曰太脩隄梁隄所以防水梁橋也通
溝澮溝澮皆所以通水周禮十夫之田有溝溝上有畛千夫有澮澮上有道鄭云溝廣深各四尺澮廣二尋深二仞
也行水潦行巡行也下孟反安水臧使水歸其壑安謂不使漏溢臧才浪反
以時決塞旱則決之水則塞之不使失時也歲雖凶敗水旱使
民有所耘艾司空之事也艾讀爲刈相高下視
肥墝序五種高下原隰也五穀黍稷豆麻麥觀其地所宜而種之墝苦交反省農

功（省觀也觀其勤惰而勸之）謹蓄藏（謹嚴）以時順脩使農夫樸力而寡能治田之事也（使農夫敦朴於力穡禁其佗能也治田田畯也）脩火憲（不使非時焚山澤月令二月無焚山林鄭注周禮憲表也主表其刑禁也）養山林藪澤草木魚鼈百索（百索上所索百物也）以時禁發（禁謂爲之厲禁發謂許民采取）使國家足用而財物不屈虞師之事也（屈竭也虞師周禮山虞澤虞也）順州里（使之和順）定廛宅（廛謂市內百姓之居宅謂邑內居也定其分界不使相侵奪也）養六畜（勸人養之也）閒樹藝（樹藝種樹及桑柘也閒之使疏密得宜也）勸教化趨孝弟（勸之使從教化趨之使敦孝弟趨讀爲促）以時順脩使百姓順命安樂處鄉鄉師之事也（鄉師公卿也周禮鄉老二鄉公一人鄉大夫每鄉卿一人）論百工（論其巧拙月令曰物勒工名以考其誠工有不當必行其罪也）審時事（考工記曰天有時地有氣材有美工有巧合此四者然後可以爲良月令曰監工日號無悖于時皆審其時之事也）辨功苦（功謂器之精好者苦謂濫惡者韋昭曰功堅苦脆也）尚完利（完堅也利謂便於用若車之利轉之類也）便備用使彫琢文采不敢專造於家工師之事也（專造私造也）相陰陽（相視也陰陽謂數也）占祲兆（占占候也祲陰陽相侵之氣赤黑之祲是其類也兆謂龜兆或曰兆萌兆謂望其雲物知歲之吉凶也）鑽龜陳卦（鑽龜謂以火爇荊莖

灼之也陳卦謂揲蓍布卦也主攘擇五卜攘擇攘除不祥擇取吉事也五卜洪範所謂曰雨曰霽曰
蒙曰驛曰尅言兆之形也知其吉凶妖祥傴巫跛擊之事也
擊讀爲覡男巫也古者以廢疾之人主卜筮巫祝之事故曰傴巫跛覡胡狄反脩採清脩其採清之事採謂
採去其穢清謂使之清潔皆謂除道路穢惡也周禮蜡氏掌除骴凡國之大祭祀令州里除不蠲也易道路
脩而平之謹盜賊謹嚴禁也周禮野廬氏職曰有相翔者誅平室律平均布也室逆旅之
室平其室之法皆不使容姦人若今五家爲保也以時順脩使賓旅安而貨
財通治市之事也此於周禮野廬氏之職今云治市蓋七國時設官不同治市之官兼
掌道路不必全依周禮制據當時職事言之也抃急禁悍抃當爲析急當爲愿已解上也防淫

除邪戮之以五刑使暴悍以變姦邪不作
司寇之事也本政教正法則兼聽而時稽
之稽計也考也周禮太宰歲終則令百官府各正其治受其會而詔王廢置三歲則大計也度其功
勞論其慶賞以時順脩使百吏免盡而衆
庶不偷冢宰之事也論禮樂正身行廣教
化美風俗兼覆而調一之辟公之事也全
道德致隆高綦文理一天下振毫末使天
下莫不順比從服天王之事也故政事亂

則冢宰之罪也國家失俗則辟公之過也
天下不一諸侯俗反則天王非其人也
具具而王具具而霸具具而存具具而亡
用萬乘之國者威彊之所以立也名聲之
所以美也敵人之所以屈也國之所以安
危臧否也制與在此亡乎人王霸安存危
殆滅亡制與在我亡乎人夫威彊未足以
殆鄰敵也名聲未足以懸天下也則是國
未能獨立也豈渠得免夫累乎天下脅於

暴國而黨爲吾所不欲於是者日與桀同
事同行無害爲堯是非功名之所就也非
存亡安危之所墮也功名之所就存亡安
危之所墮必將於愉殷赤心之所誠以其
國爲王者之所亦王以其國爲危殆滅亡
之所亦危殆滅亡殷之日案以中立無有
所偏而爲縱横之事偃然案兵無動以觀

夫暴國之相卒也案平政教審節奏砥礪百姓爲是之日而兵剸天下勁矣案然脩仁義伉隆高正法則選賢良養百姓爲是之日而名聲剸天下之美矣權者重之兵者勁之名聲者美之夫堯舜者一天下也不能加毫末於是矣故權謀傾覆之人退則賢良知聖之士案自進矣刑政平百姓和國俗節則兵勁城固敵國案自詘矣務

本事積財物而勿忘棲遲薛越也是使羣臣百姓皆以制度行則財物積國家案自富矣三者體此而天下服暴國之君案自不能用其兵矣何則彼無與至也彼其所與至者必其民也其民之親我也歡若父母好我芳若芝蘭反顧其上則若灼黥若仇讎彼人之情性也雖桀跖豈有肯爲其所惡賊其所好者哉彼以奪矣故古之人

有以一國取天下者非往行之也脩政其所莫不願如是而可以誅暴禁悍矣故周公南征而北國怨曰何獨不來也東征而西國怨曰何獨後我也孰能有與是鬬者與安以其國爲是者王殷之日安以靜兵息民慈愛百姓辟田野實倉廩便備用安謹募選閱材技之士然後漸賞慶以先之嚴刑罰以防之擇士之知事者使相率貫

也以是厭然畜積脩飾而物用之足也兵革器械者彼將日日暴露毀折之中原我今將脩飾之拊循之掩蓋之於府庫貨財粟米者彼將日日棲遲薛越之中野我今將畜積并聚之於倉廩材技股肱健勇爪牙之士彼將日日挫頓竭之於仇敵我今將來致之并閱之砥礪之於朝廷如是則彼日積敝我日積完彼日積貧我日積富

彼日積勞我日積佚君臣上下之閒者彼將厲厲焉日日相離疾也我今將頓頓焉日日相親愛也以是待其敝安以其國爲是者霸立身則從傭俗事行則遵傭故進退貴賤則舉傭士之所以接下之百姓者則庸寬惠如是者則安存立身則輕楛事行則蠲疑進退貴賤則舉佞侻之所以接下之人百姓者則好取侵奪如是者危殆立身則憍暴事行則傾覆進退貴賤則舉幽險詐故人之所以接下之人百姓者則好用其死力矣而慢其功勞好用其籍斂矣而忘其本務如是者滅亡此五等者不可不善擇也王霸安存危殆滅亡之具也善擇者制人不善擇者人制之善擇之者王不善擇者亡夫王者之與亡者制人之與人制之也是其爲相懸也亦

遠矣

荀子卷第五

荀子卷第六

登仕郎守大理評事楊　倞　注

富國篇第十

萬物同宇而異體（同生宇內形體有異）無宜而有用（雖於人無常定之宜皆有可用人之理必在理得其道使之不爭然後可以富國也）爲人數也人倫並處同求而異道同欲而異知（倫類也並處羣居也其在人之法數則以類羣居也同求異道謂或求爲善或求爲惡此人之性也）生也皆有可也知愚同所可異也知愚分（可者遂其意之謂也）埶同而知異行私而無禍縱欲而不窮則民心奮而不可說也（禍患也窮極也奮謂起而爭競也說讀爲悅若縱其情性而無分則民心奮起爭競而不可悅服也）如是則知者未得治也知者未得治則功名未成也（功名之立由於任智）功名未成則羣衆未縣也（有功名者居上無功名者居下然後羣衆懸隔若未有功名則羣衆齊等也）羣衆未縣則君臣未立也（既無懸隔則未有君臣之位也）無君以制臣無上以制下天下害生縱欲（無上下相制則天下之害生於各縱其欲也）欲惡同物欲多而

物寡寡則必爭矣同物謂飲食男女人之大欲存焉死亡貧苦人之大惡存焉是賢愚同有此情也無君上之制各恣其欲則物不能贍故必爭之也故百技所成所以養一人也技工也一人君上也言百工所成之衆物以養一人是物多而所奉者寡故能治也而能不能兼技雖能者亦不兼其技功使有分也謂梓匠輪輿各安其業則治雜之則亂也人不能兼官皆使專一於分不二事也謂若夔典樂稷播種之類也離居不相待則窮羣而無分則爭不相待遺弃也窮謂爲物所困也此言不羣則不可羣而無分亦不可也窮者患也爭者禍也救患除禍則莫若明分使羣矣此已上皆明有分則能羣然後可以富國

強脅弱也知懼愚也民下違上少陵長不以德爲政德謂教化使知分義也如是則老弱有失養之憂而壯者有分爭之禍矣老弱不能自存故憂失養壯者以力相勝故有分爭也事業所惡也功利所好也職業無分事業勞役之事人之所惡職業謂官職及四人之業也必使各供其職各從所務若無分則莫不惡勞而好逸也如是則人有樹事之患而有爭功之禍矣樹立也若無分則人人患於樹立己事而爭人之功以此爲禍也男女之合夫婦之分合配也分謂人各有偶也婚姻娉內送逆無禮婦之父爲婚壻

之父爲姻言婚姻者明皆以二人之命也聘問名也內讀曰納納幣也送致女逆親迎也如是則人有失合之憂而有爭色之禍矣失合謂喪其配偶也故知者爲之分也知如字知者謂知治道者又讀爲智皆通足國之道明富國之術也節用裕民而善臧其餘裕謂優饒也善臧其餘謂雖有餘不秏損而善藏之節用以禮裕民以政以禮謂用不過度以政謂取之有道也彼裕民故多餘人得優饒務於力作故多餘也裕民則民富民富則田肥以易易謂耕墾平易田肥以易則出實百倍所出穀實多也上以法取焉而下以禮節用之法取謂什一也

以禮節用謂不妄秏費也餘若丘山不時焚燒無所臧之以言多之極也夫君子奚患乎無餘以墨子憂不足故知節用裕民則必有仁義聖良之名而且有富厚丘山之積矣名實皆美此無佗故焉生於節用裕民也不知節用裕民則民貧民貧則田瘠以穢貧則力不足耕耨失時也田瘠以穢則出實不半不得其半上雖好取侵奪猶將寡獲也而或以無禮節用之則必有貪利糾譑之名而且有空

虚窮乏之實矣[糾察也譑發人罪也譑音嬌]此無佗故焉不知節用裕民也康誥曰弘覆乎天若德裕乃身不廢在王庭此之謂也[弘覆如天又順於德是乃所以寬裕汝身言百姓足君孰與不足也]禮者貴賤有等長幼有差貧富輕重皆有稱者也[稱尺證反]故天子袾裷衣冕[袾古朱字裷與衮同畫龍於衣謂之衮朱衮以朱爲質也衣冕猶服冕也]諸侯玄裷衣冕[謂上公也周禮公之服自衮冕而下如王之服也]大夫裨冕[衣裨衣而服冕謂祭服也天子六服大裘爲上其餘爲裨裨之言卑也以事尊卑服之諸侯以下亦服焉鷩冕絺冕皆是也]士皮弁服[皮弁謂以白鹿皮爲冠象上古也素積爲裳用十五升布爲之積猶辟也辟蹙其要中故謂之素積也]德必稱位位必稱祿祿必稱用由士以上則必以禮樂節之衆庶百姓則必以法數制之[君子用德小人用刑]量地而立國[謂若王制天子之縣内九十三國也]計利而畜民[謂若周制計一鄉地利所出畜萬二千五百家]度人力而授事[謂若一夫受田百畝]使民必勝事事必出利利足以生民皆使衣食百用出入相揜[百用雜用養生送死之類出出財也入入利也揜覆蓋也出入相揜謂量入爲出使覆蓋不乏絕也]必時臧餘謂之稱數[足用有餘則以]

（時臧之此之謂有稱之術數也）故自天子通於庶人事無大小
多少由是推之故曰朝無幸位民無幸生
此之謂也（上下所爲之事皆以稱數推之故無徼幸之徒無德而禄謂之幸位惰游而食謂之幸生也）
輕田野之稅平關市之征（平猶除也謂幾而不征也）省
商賈之數（省減也謂使農夫衆也）罕興力役無奪農時
如是則國富矣夫是之謂以政裕民（此以政優饒民之術也）
人之生不能無羣羣而無分則爭爭則
亂亂則窮矣（窮困）故無分者人之大害也有

分者天下之本利也（本當爲大）而人君者所以管
分之樞要也（樞戸樞也）故美之者是美天下之本
也（美謂美其有分）安之者是安天下之本也貴之者
是貴天下之本也古者先王分割而等異
之也（以分割制之以等差異也）故使或美或惡或厚或薄
或佚或樂或劬或勞（美謂褒寵惡謂刑戮厚薄貴賤也在位則佚樂百姓則劬勞也）非特以爲淫泰夸麗之聲將以明仁
之文通仁之順也（仁謂人也言爲此上事不唯使人贍望自爲夸大之聲將以明仁人

乃得此文飾言至貴也通仁人乃得此順從言不違其志也故爲之雕琢刻鏤黼黻文章玉謂之雕亦謂之琢木謂之刻金謂之鏤白與黑謂之黼黑與青謂之黻青與赤謂之文赤與白謂之章使足以辨貴賤而已不求其觀不求使人觀望也古亂反爲之鍾鼓管磬琴瑟竽笙使足以辨吉凶合歡定和而已不求其餘和謂和氣餘謂過度而作鄭衛者也爲之宮室臺榭使足以避燥溼養德辨輕重而已不求其外德謂君上之德輕重尊卑也外謂峻宇雕牆之類也詩曰雕琢其章金玉其相

亹亹我王綱紀四方此之謂也詩大雅棫樸之篇相質也亹亹勸勉之貌言雕琢爲文章又以金玉爲質勉力爲善所以綱紀四方也與詩義小異也若夫重色而衣之重味而食之重財物而制之合天下而君之重多也直用反非特以爲淫泰也固以爲王天下治萬變材萬物材與裁同養萬民兼制天下者爲莫若仁人之善也夫故其知慮足以治之其仁厚足以安之其德音足以化之得之則治失之則亂百姓誠賴其

知也故相率而爲之勞苦以務佚之以養其知也知讀爲智誠美其厚也故爲之出死斷亡以覆救之以養其厚也厚恩厚也出死謂出身致死斷猶判也言判其死亡也覆蓋蔽也斷丁亂反誠美其德也故爲之雕琢刻鏤黼黻文章以藩飾之以養其德也有德者宜備藩衛文飾也故仁人在上百姓貴之如帝天帝也親之如父母爲之出死斷亡而愉者愉歡無它故焉其所是焉誠美其所得焉誠大其所利焉誠多是謂可其意也言百姓所得者多故親愛之也詩曰我任我輦我車我牛我行既集蓋云歸哉此之謂也詩小雅黍苗之篇引此以明百姓不憚勤勞以奉上也鄭云集猶成也蓋猶皆也轉餫之役有負任者有輓輦者有將車者有牽傍牛者事既成召伯則皆告之云可歸哉故曰君子以德小人以力君子以德撫下故百姓以力事上也力者德之役也力爲德所使役百姓之力待之而後功百姓雖有力待君上所使然後有功也百姓之羣待之而後和百姓之財待之而後聚百姓之埶待之而後安百姓之壽

待之而後長（皆明待君上之德化然後無爭奪相殺也）父子不得不親兄弟不得不順男女不得不歡少者以長老者以養故曰天地生之聖人成之此之謂也（古者有此語引以明之也）今之世而不然厚刀布之斂以奪之財重田野之稅以奪之食苛關市之征以難其事（苛暴也征亦稅也苛關市之征出入賣買皆有稅也使貨財不得通流故曰難其事）不然而已矣（不唯如此而已）有掎挈司詐權謀傾覆以相顛倒以靡敝之（有讀爲又掎撫其事挈舉其過伺候其罪詐僞其辭顛倒反覆也靡盡也敝敗也或曰靡讀爲縻縻散也敝盡也）百姓曉然皆知其汙漫暴亂而將大危亡也（汙漫皆穢行也漫莫半反）是以臣或弑其君下或殺其上粥其城倍其節而不死其事者無它故焉人主自取之（粥其城謂以城降人以爲己利節忠節也此皆由上無恩德故下亦傾覆之）詩曰無言不讎無德不報此之謂也（詩大雅抑之篇）

兼足天下之道在明分掩地表畝（掩地謂耕田使土相掩表明也謂明其經界使有畔也）刺屮殖穀（刺絕也屮古草字）多糞肥田

是農夫衆庶之事也守時力民守時敬授人時力民使之疾力進事長功進其事業長其功利和齊百姓使人不偷是將率之事也將率猶主領也若今宰守高者不旱下者不水寒暑和節而五穀以時孰是天下之事也是天下豐穰之事非由人力也若夫兼而覆之兼而愛之兼而制之歲雖凶敗水旱使百姓無凍餧之患則是聖君賢相之事也

墨子之言昭昭然爲天下憂不足夫不足非天下之公患也非公共之患也特墨子之私憂過計也今是土之生五穀也人善治之則畝數盆一歲而再獲之蓋當時以盆爲量考工記曰盆實二鬴墨子曰子墨子弟子仕於衛而反子曰何故反曰與我言而不當曰待汝以千盆授我五百盆故去之獲讀爲穫然後瓜桃棗李一本數以盆鼓一本一株也鼓量也禮記曰獻米者操量鼓數以盆鼓謂數度以盆量之也言然後者謂除五穀之外更有此果實然後葷菜百蔬以澤量葷辛菜也蔬與蔬同以澤量言滿澤也猶谷量牛馬然後義與上同然後六畜禽獸一而剸車剸與專同言一獸滿一車黿鼉魚鼈鰌鱣

以時別一而成羣別謂生育與每分別也以時別謂不夭其生使得成遂也一而成羣言每一類皆得成羣然後飛鳥鳬鴈若煙海遠望如煙之覆海皆言多然後昆蟲萬物生其閒昆蟲蚔蝱蜩范之屬也除大物之外其閒又有昆蟲萬物鄭云昆明也得陽而出得陰而藏之蟲也可以相食養者不可勝數也夫天地之生萬物也固有餘足以食人矣麻葛繭絲鳥獸之羽毛齒革也固有餘足以衣人矣衣去聲夫有餘不足非天下之公患也特墨子之私憂過計也天下之公患亂

傷之也胡不嘗試相與求亂之者誰也我以墨子之非樂也則使天下亂墨子之節用也則使天下貧非將墮之也說不免焉非將墮毀墨子論說不免如此墨子大有天下小有一國天子諸侯將蹙然衣麤食惡憂戚而非樂墨子言樂無益於人故作非樂篇無樂則人情憂戚故曰憂戚而非樂也若是則瘠瘠則不足欲不足欲則賞不行瘠奉養薄也奉養既薄則不能足其欲欲既不足則賞何能行乎言皆由不顧賞也夫賞以富厚故人勸勉有功勞者而與之麤衣惡食

是賞道廢也莊子説墨子曰其生也勤其死也薄其道也大觳郭云觳無潤也義與瘠同觳苦角反墨子大有天下小有一國將少人徒省官職省所景反上功勞苦與百姓均事業齊功勞謂君臣並耕而食饔飧而治也若是則不威不威則賞罰不行上下懸隔故得以法臨馭若君臣齊等則威不立矣賞不行則賢者不可得而進也罰不行則不肖者不可得而退也賞罰所以進賢而退不肖賢者不可得而進不肖不可得而退則能不能不可得而官也不可置於列位

而廢置也若是則萬物失宜事變失應上失天時下失地利中失人和賞罰不行賢愚一貫故有斯敝也天下敖然若燒若焦敖讀爲熬若燒若焦言萬物寡少如被焚燒然墨子雖爲之衣褐帶索嚽菽飲水惡能足之乎嚽與啜同惡音烏既以伐其本竭其原而焦天下矣故先王聖人爲之不然知夫爲人主上者不美不飾之不足以一民也不富不厚之不足以管下也管猶包也不威不强之不足以禁

暴勝悍也故必將撞大鐘擊鳴鼓吹竽笙彈琴瑟以塞其耳必將錭琢刻鏤黼黻文章以塞其目（錭與雕同）必將芻豢稻粱五味芬芳以塞其口（塞猶充也）然後衆人徒備官職漸慶賞（漸進）嚴刑罰以戒其心使天下生民之屬皆知己之所願欲之舉在于是也故其賞行（舉皆也于是猶言是于言生民所願欲皆在是于也說苑亦作是于也）皆知己之所畏恐之舉在于是也故其罰威（其罰可畏）賞行罰威則賢者可得而進也不肖者可得而退也能不能可得而官也若是則萬物得其宜事變得其應上得天時下得地利中得人和財貨渾渾如泉源（渾渾水流貌如泉源言不絕也渾戶本反）汸汸如河海（汸讀爲滂水多貌也）暴暴如丘山（暴暴卒起之貌言物多委積高大如丘山也）不時焚燒無所臧之夫天下何患乎不足也故儒術誠行則天下大而富使而功（大讀爲泰優泰也使謂爲上之使也可使則有功也）撞鐘擊鼓

而和詩曰鐘鼓喤喤管磬瑲瑲降福穰穰
降福簡簡威儀反反既醉既飽福祿來反此之
謂也詩周頌執競之篇毛云喤喤瑲瑲皆聲和貌穰穰衆也簡簡大也鄭云反反順習之貌反復也
故墨術誠行則天下尚儉而彌貧非鬬而
日爭墨子有非政篇非政即非鬬也既上失天時下失地利則物出必寡雖尚儉而民彌貧物不能贍雖
以鬬爲非而日日爭競也勞苦頓萃而愈無功愀然憂戚
非樂而日不和說文云頓下首也萃與顇同上下不能相制雖勞苦頓顇猶將無益
也鄭注禮記云愀然變動貌也詩曰天方薦瘥喪亂弘多民

言無嘉憯莫懲嗟此之謂也詩小雅節南山篇薦重也瘥病
也憯曾也懲止也嗟柰何薦或爲荐垂事養民垂下也以上所操持之事下就於民而養之謂
施小惠也拊循之唲嘔之拊與撫同撫循慰悅之也唲嘔嬰兒語聲也唲於佳反嘔與謳
同冬日則爲之饘粥夏日則與之瓜麮麮蕢
麥飯也丘與反以偷取少頃之譽焉是偷道也可以
少頃得姦民之譽然而非長久之道也事
必不就功必不立是姦治者也姦人爲治偷取名譽僮
然要時務民僮然盡人力貌說文云僮終也要時趨時也務勉强也謂以勞役强民也僮子

牢反要一饒反進事長功益上之功利也輕非譽而恬失民
恬安也言不顧下之毀譽而安然忘於失民也事進矣而百姓疾之事雖長進
而百姓怨是又不可偷偏者也言亦不可苟且偏爲此勞民之事也徒
壞墮落必反無功雖苟求功利旋即毀壞墮落必反無成功也故垂
事養譽不可以遂功而忘民亦不可皆姦
道也以用故古之人爲之不然使民夏不宛暍
使民謂役使民也宛讀爲蘊暑氣也詩曰蘊隆蟲蟲暍傷暑也或曰宛當爲奥篆文宛字與奥字略相似
遂誤耳奥於六反熱也冬不凍寒急不傷力緩不後時

皆謂量民之力不使有所傷害事成功立上下俱富而百姓
皆愛其上人歸之如流水親之歡如父母
爲之出死斷亡而愉者無它故焉忠信調
和均辨之至也均平均辨明察也故君國長民者欲
趨時遂功則和調累解速乎急疾忠信均
辨說乎賞慶矣必先脩正其在我者然後
徐責其在人者威乎刑罰自故君國長人已下其義未詳亦恐脫誤
或曰累解嬰累解釋也言君長人欲趨時遂功者若和調而使嬰累解釋則民速乎急疾言效上之急不後時也若

忠信均辨則民悅乎慶賞若先責己而後責人則民畏乎刑罰累音類解佳買反說讀爲悅三德
者誠乎上則下應之如影響三德謂調和累解忠信均辨正
己而後責人也誠乎上謂上誠意行之也嚮讀爲響嚮或曰三德即忠信調和均辨也雖欲無明達
得乎哉書曰乃大明服維民其力懋和而
有疾此之謂也書康誥懋勉也言君大明以服下則民勉力爲和調而疾速以明效
上之急也故不教而誅則刑繁而邪不勝教而不
誅則姦民不懲誅而不賞則勤屬之民不
勸屬也者謂箸於事業也屬之欲反屬或爲厲誅賞而不類則下疑俗

儉而百姓不一不類不以其類謂賞不當功罰不當罪儉當爲險險謂徼幸免罪苟且求
賞也故先王明禮義以壹之致忠信以愛之
尚賢使能以次之爵服慶賞以申重之申亦
重也再今曰申時其事輕其任以調齊之時其事謂使人趨時不奪
之也輕其任謂量力而使也潢然兼覆之養長之如保赤子
潢與滉同潢然水大至之貌也若是故姦邪不作盜賊不起而
化善者勸勉矣化善化而爲善者也是何邪則其道易
平易可行其塞固其政令一其所充塞一民心者固其防表明隄防

標表明白易識故曰上一則下一矣上二則下二矣辟之若屮木枝葉必類本此之謂也辟讀爲譬屮古草字不利而利之不如利而後利之之利也不愛而用之不如愛而後用之之功也利而後利之不如利而不利者之利也愛而後用之不如愛而不用者之功也利而不利也愛而不用也者取天下矣利而後利之愛而後用之者保社稷矣不利而利之不

愛而用之者危國家也

觀國之治亂臧否至於疆昜而端已見矣易與場同端首也見賢遍反其候徼支繚候斥候徼巡也支繚支分繚繞言委曲巡警也其竟關之政盡察竟與境同盡察極察言無不察也是亂國已亂國多盜賊姦人故用苛察之政也入其境其田疇穢都邑露是貪主已露謂無城郭墻垣主貪財民貧力不足故露也觀其朝廷則其貴者不賢觀其官職則其治者不能觀其便嬖則其信者不愨是闇主已便嬖左右小臣寵幸者也

信者不愨所親信者不愿愨也主闇故姦人多容也凡主相臣下百吏之俗其於貨財取與計數也須孰盡察俗謂風俗取謂賦斂與謂賜與計數計筭也須待也孰精孰也盡察極察也其於計數貨財必待精孰極察然後行言不簡易急於貪利者也其禮義節奏也芒軔僈楛是辱國巳禮義節奏謂行禮義之節文芒昧也或讀爲荒言不習孰也軔柔也亦怠惰之義僈與慢同楛不堅固也辱國言必見陵辱也其耕者樂田其戰士安難其百吏好法其朝廷隆禮其卿相調議是治國巳安難不逃難也觀其朝廷則其貴者賢觀其

官職則其治者能觀其便嬖則其信者愨是明主巳凡主相臣下百吏之屬其於貨財取與計數也寬饒簡易不汲汲於貨財也其於禮義節奏也陵謹盡察是榮國巳陵侵陵言深於禮義也謹嚴也言不敢慢易也賢齊則其親者先貴能齊則其故者先官雖舉在至公而必先親故所謂故舊不遺則民不偷其臣下百吏汙者皆化而脩悍者皆化而愿躁者皆化而愨是明主之功巳躁暴急之人也觀國之强弱貧

富有徵（徵驗言其驗先見也）上不隆禮則兵弱上不愛民則兵弱已諾不信則兵弱慶賞不漸則兵弱（漸進）將率不能則兵弱（率與帥同）上好攻取功則國貧（民不得安業也）上好利則國貧（賦斂重也）士大夫衆則國貧（所謂三百赤芾）工商衆則國貧（農桑者少）無制數度量則國貧（不爲限量則物秏費）下貧則上貧下富則上富（百姓與足君孰不足）故田野縣鄙者財之本也垣窌倉廩者財之末也（垣築墻四周以藏穀也窌窖也掘地藏穀也穀

藏曰倉米藏曰廩窌匹教反）百姓時和事業得叙者貨之源也等賦府庫者貨之流也（時和得天之和氣謂歲豐也事業得叙耕稼得其次序上不奪農時也等賦以差等制賦貨財皆錢穀通名別而言之則粟米布帛曰財錢布龜貝曰貨也）故明主必謹養其和節其流開其源而時斟酌焉（節謂薄斂開謂勸課時斟酌謂賦斂賑卹豐荒有制也）潢然使天下必有餘而上不憂不足如是則上下俱富交無所藏之是知國計之極也（交無所藏言上下不相隱）故禹十年水湯七年旱而天下無菜色者十年之

後年穀復孰而陳積有餘無食菜之色也是無它故焉知本末源流之謂也故田野荒而倉廩實百姓虛而府庫滿夫是之謂國蹷蹷傾倒也伐其本竭其源而并之其末然而主相不知惡也則其傾覆滅亡則可立而待也以國持之而不足以容其身夫是之謂至貪是愚主之極也以一國扶持之至堅固也而無所容其身者貪也將以求富而喪其國將以求利而危其身古有萬

國今有十數焉是無它故焉其所以失之一也皆以貪失之矣君人者亦可以覺矣以此自覺悟也百里之國足以獨立矣此言無道則雖大必至滅亡有道則雖小足以獨立凡攻人者非以爲名則案以爲利也不然則忿之也凡攻伐者不求討亂征暴之名則求貨財土地之利不然則以忿怒不出此三事也爲于僞反仁人之用國將脩志意正身行用爲也行下孟反伉隆高伉舉也舉崇高遠大之事致忠信期文理期當爲綦綦極文理謂其有條貫也布衣紃屨之士誠是則雖在窮閻漏屋

而王公不能與之爭名 紃條也謂編麻爲之麤繩之屨也或讀爲穿王公不能與之爭名言名過王公也 以國載之則天下莫之能隱匿也 載猶任也以國委任賢士則天下莫能隱匿言其國聲光大也 若是則爲名者不攻也 伐有道祇成惡名故不攻 將辟田野實倉廩便備用上下一心三軍同力與之遠舉極戰則不可 遠舉縣軍於遠也極戰苦戰也彼暴國欲與我如此則不可也 境內之聚也保固視可 其境內屯聚則保其險固視其可進謂觀釁而動也 午其軍取其將若撥麷 午讀曰迕遇也周禮籩人職云朝事之籩其實麷蕡鄭云麷熬麥今河閒已北煑種麥賣之名曰麷據鄭之說麷麥之牙蘖也至脆弱故以喻之若撥麷如以手撥麷也音豐同 彼得之不足以藥傷補敗 藥猶醫也彼縱有所得不足以藥其所傷補其所敗言所獲不如所亡也 彼愛其爪牙畏其仇敵若是則爲利者不攻也 愛己之爪牙畏與我爲仇敵爲于僞反 將脩小大强弱之義以持慎之 慎讀曰順脩小事大弱事强之義守持此道以順大國也 禮節將甚文珪璧將甚碩貨賂將甚厚 文謂敬事之威儀也珪璧所用聘好之物碩大也 所以說之者必將雅文辯慧之君子也 所使行人往說之者則用文雅禮讓之士說音稅 彼苟有人意

焉夫誰能忿之若是則忿之者不攻也爲
名者否爲利者否爲忿者否 否不攻也爲于僞反 則國
安于盤石壽於旗翼 盤石盤薄大石也旗讀爲箕箕其翼二十八宿名言壽
比於星也莊子曰傳說得之乘東維騎箕尾而比於列宿
亦其類也或曰禮記百年曰期頤鄭云期要也頤養也
人皆亂我獨治人皆危我獨安人皆失喪
之我按起而制之 或曰按然後也 故仁人之用國非
特將持其有而已矣又將兼人 不唯持其所有而已 詩
曰淑人君子其儀不忒其儀不忒正是四

國此之謂也 曹風尸鳩之篇
持國之難易 論守國難易之法也 事强暴之國難使
强暴之國事我易事之以貨寶則貨寶單
而交不結約信盟誓則約定而畔無日 約已
定隨即畔之無日言不過一日文子作約定而反無日也 割國之錙銖以賂之
則割定而欲無猒 十黍之重爲銖八兩爲錙此謂以地賂强國割地必不多與故
以錙銖言之猒一占反韓詩外傳作割國之疆垂以賂之也 事之彌煩其侵人愈
甚必至於資單國舉然後已 單盡也國舉謂盡舉其國與人

也雖左堯而右舜未有能以此道得免焉者也辟之是猶使處女嬰寶珠佩寶玉嬰繫於頭也寶謂珠玉中可寶者負戴黃金而遇中山之盜也雖爲之逢蒙視詘要橈膕君盧屋妾由將不足以免也逢蒙古之善射者詘與屈同要讀爲腰橈曲也膕曲脚中古獲反盧當爲廬由與猶同言處女如善射者之視物謂微眇不敢正視也既微視又屈腰橈膕言俯伏畏懼之甚也君廬屋妾謂處女自稱是君廬屋之妾猶言箕箒妾卑下之辭也雖畏懼卑辭如此猶不免劫奪之也故非有一人之道也謂不能齊一其人同力以拒大國也直將巧繁拜請

而畏事之但巧爲繁多拜請以畏事之也則不足以爲持國安身故明君不道也恥辱如此雖得免禍亦不足以爲持國安身之術故明君不言也必將脩禮以齊朝正法以齊官平政以齊民然後節奏齊於朝齊整也節奏禮之節文也謂上下皆有禮也百事齊於官百事皆有法度衆庶齊於下政平均故民齊一如是則近者競親遠方致願致極也極願來附也上下一心三軍同力名聲足以暴炙之名聲如日暴火炙炎赫也威强足以捶笞之拱揖指麾而强

暴之國莫不趨使譬之是猶烏獲與焦僥搏也烏獲秦之力人舉千鈞者焦僥短人長三尺者搏鬬也故曰事强暴之國難使强暴之國事我易此之謂也

荀子卷第六